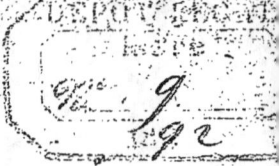

SECOND

MYSTÈRE DE NOËL

D'APRÈS

LES NOËLS CÉLÈBRES

DES DERNIERS SIÈCLES

Noël nouvelet, Noël chantons ici,
Dévotes gens, rendons à Dieu merci!

Externat Notre-Dame. - Grenoble

GRENOBLE

IMPRIMERIE BREYNAT & Cie

5, rue Denfert-Rochereau, 5

SECOND MYSTÈRE DE NOËL

SECOND

MYSTERE DE NOËL

D'APRÈS

LES NOËLS CÉLÈBRES

DES DERNIERS SIÈCLES

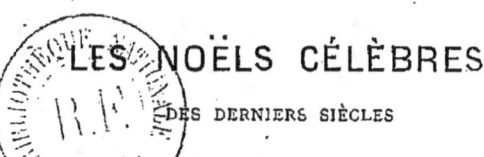

Noël nouvelet, Noël chantons ici,
Dévotes gens, rendons à Dieu merci!

Externat Notre-Dame. - Grenoble

GRENOBLE

IMPRIMERIE BREYNAT & Cie

5, rue Denfert-Rochereau, 5

« *J'ai la conviction absolue qu'un sujet religieux ne*
saurait être mis à la scène sans inconvenance, sauf sur un
théâtre de marionnettes. Je veux dire à Paris ; car j'aurais
grand plaisir à voir des paysans jouer un Mystère dans
une grange. Au contraire, une pièce de ce genre me serait
insupportable, si elle était représentée par des acteurs de
profession. »

Ainsi s'exprime M. Maurice Bouchor dans l'avertisse-
ment de son délicieux « Noël », qu'il a composé en effet
pour le Petit Théâtre des Marionnettes, à Paris.

L'auteur, sans doute, n'avait jamais vu jouer le Mystère
de Noël par des enfants et des jeunes gens chrétiens ; car
il aurait peut-être modifié son sentiment, et il préférerait,
je crois, nos jeunes acteurs à ses poupées articulées et
aux réalistes paysans de sa grange.

Nos *artistes*, en effet, joignent un art inhabile à la sim-
plicité de l'âge ; leurs gestes timides s'harmonisent bien
avec les paroles qu'ils chantent ; aussi le succès de notre
premier *Mystère de Noël* nous a-t-il encouragés à en
composer un second.

Nous offrons donc aujourd'hui aux Grenoblois un nouveau recueil d'anciennes paroles chantées sur de vieux
airs. Nous ne nous sommes que rarement permis de les
moderniser un peu, pour ne pas leur enlever la naïveté
qui en fait le charme principal.

Qui n'a lu ou entendu souvent des regrets, éloquem-
ment exprimés, sur l'abandon des vieux Noëls traditionnels
qu'avaient chantés tant de générations ? Une heureuse ré-
action s'est opérée depuis quelques années. On apprécie
mieux, au milieu de notre littérature folle, le charme inti-
me des Cantilènes de jadis ; plusieurs recueils en ont été

publiés; notre seul travail a été de choisir et de réunir ces divers morceaux pour en faire un tout adapté à la scène.

Notre premier Mystère a popularisé bien des airs qui avaient charmé nos Pères ; nous savons qu'ils ont réjoui les réunions chrétiennes d'un grand nombre de familles et que des vieillards les ont reconnus avec émotion.

Que ces naïves poésies et ces jolis airs, chantés autour de la crèche, forment encore un hommage agréable à l'Enfant divin, à la Vierge Marie et à St Joseph! Nous en confions l'exécution au talent novice et surtout à la piété de nos chers enfants et jeunes gens. Puissent nos efforts concourir à l'accroissement de la foi et de l'amour de Dieu dans leurs jeunes âmes et dans celles de leurs auditeurs, et rendre à la piété chrétienne un élément trop longtemps négligé !

On nous saura gré de n'avoir mis aucune parole sur les lèvres de l'humble Vierge Marie. Quelle poésie idéale et quelle voix céleste aurions-nous prêtées, et encore avec un trouble pieux, à la Mère du Sauveur ?

Disons, en finissant, notre regret de n'avoir pu introduire dans notre recueil quelque vieux Noël local. La bibliothèque de Grenoble, si riche d'ailleurs, est pauvre en ce genre de littérature. Nous n'y avons trouvé que quelques anciens recueils de compositions, se prêtant peu au dialogue, et exprimant très imparfaitement les sentiments naïfs, tendres, délicats, que nous aurions voulu y rencontrer. Nous croyons savoir, du reste, qu'un chercheur prépare un recueil de Noëls dauphinois, où il y aura sans doute à glaner plus tard.

J. MARTIN, chan^e hon^e.

DIRECTEUR.

N. B. Comme par le passé, et en vue de favoriser le recueillement, le public est prié de ne pas applaudir, sinon à la chute du rideau.

Décembre 1891.

PERSONNAGES

—❦—

L'Archange. — Un chœur d'Anges

La Sainte Vierge, — Saint Joseph

—❦—

BERGERS

OLIVIER, vieillard.

COLIN.

CHARLOT. }
GUILLOT. } enfants.

JEANNOT.

ADRIEN.

ROBIN.

—❦—

MAGES

MELCHIOR.

GASPARD.

BALTHAZAR.

HÉRODE, roi de Jéru-
salem.

Leur suite.

—❦—

Hôtes. Le Maître de la grange.

—❦—

CHORISTES

———❦———

SECOND

MYSTÈRE DE NOEL

D'APRÈS

LES NOELS CÉLÈBRES

DES DERNIERS SIÈCLES

———— ❧ ————

PROLOGUE

————

LA CHUTE ORIGINELLE

UN VIEUX BERGER.

Nº 1   1. Un jour, le démon quitta
          Son maudit repaire ;
          Par la porte il s'échappa
          Ou par la chattière ;
          Dans Eden il s'en allait,
          Où dame Eve demeurait,
          Tra la la déri déra,
          Tra la la la déri déra,
          Porter la misère !

2. Vous êtes, ce lui dit-il
   Bien logée, dame Ève,
Vos arbres chargés de fruits,
   De fleurs sont en sève ;
On ne sent point là de vents,
Toujours règne le printemps
   Tra la la......
   La maligne bête !

3. Ève qui ne connaissait
   Pas le précipice
Et que ce serpent était
   Rempli de malice,
Répondit : Vous l'avez dit
Il n'est pas d'hiver ici :
   Tra la la..........
   A votre service !

4. Adam venait promptement,
   Le serpent s'avance :
Il lui fait son compliment
   Et la révérence,
Disant : Bonjour, vieil ami,
Vous pouvez en paradis,
   Tra la la........
   Bien faire bombance !

5. Quel beau fruit ai-je aperçu ?
   J'en aurais envie !
   — Non, c'est le fruit défendu,
   C'est le fruit de vie.
Dieu a dit : N'y touchez pas
Ou bien, il vous damnera,

Tra la la ......
Triste prophétie !

6. Le traître lui dit : Voyons,
　　C'est pourtant dommage,
　Il faut que nous en goûtions,
　　Prenez-en, courage !
　Ne craignez pas d'en manger,
　Sur l'arbre je monterai,
　　Tra la la......
　　C'est votre avantage,

7. A dame Ève il en offrit :
　　Elle était friande :
　Dans la pomme elle mordit
　　La pauvre innocente !
　En tendit au père Adam
　Qu'y planta d'abord les dents
　　Tra la la........ ..
　　Maudite pitance !

8. Quand le diable a fait son coup,
　　D'abord il déniche ;
　Puis Adam voit tout à coup
　　La faute commise !
　« Ma femme qu'avons-nous fait ?
　L'enfer nous avons gagné,
　　Tra la la............
　　Par notre sottise !

9.. Ils vont se cacher tous deux ;
　　Ils n'osent paraître
　Devant le grand Roi des Cieux,
　　Leur Seigneur et Maître !

Tous deux il les appelait
Mais ils n'osaient se montrer
 Tra la la.....
 Après leur bévue.

10. Loin de demander pardon,
 D'avouer leur faute,
Donnaient de pauvres raisons,
 S'accusaient l'un l'autre :
« C'est ma femme »; dit Adam;
Eve dit: « C'est le serpent,
 Tra la la........
 Qu'est la seule cause !

11. — Allez-vous en labourer,
 Leur dit Dieu, sur terre ;
Car plus vous ne méritez
 D'être en ce parterre:
Adam, tu travailleras
Eve, tu l'obéiras,
 Tra la la......
 Tu n'as guère à faire ! »

12. Depuis lors, nous travaillons,
 Las ! toute la vie.
Mais aussi nous attendons
 Un prochain Messie.
Heureux ceux qui le verront,
Plus heureux qui l'aimeront,
 Tra la la......
 Là toute leur vie !

ANNONCIATION

(Tableau.)

CHORISTES

N° 2

1. Marie, à sa fenêtre,
   Aperçut un garçon
   Qui songeait à paraître
   D'une aimable façon ;
   Le Saint-Esprit, son maître,
   Lui dictait sa leçon.
   Marie, à sa fenêtre,
   Aperçut un garçon.

2. « Ecoutez-moi, Marie,
   Mon langage est très doux :
   L'Eternel vous convie
   Pour être votre Epoux !
   Répondez, je vous prie,
   Vierge, le voulez-vous ?
   Ecoutez-moi, Marie,
   Mon langage est très doux.

3. « Déjà êtes remplie
   De grâce et de faveur,
   Et vous serez, ma mie,
   La Mère du Sauveur ;
   C'est le vrai fruit de vie
   Qui fait votre bonheur !
   Déjà êtes remplie
   De grâce et de faveur. »

4. — « Mon âme magnifie,
   Mon Dieu, mon Créateur,
   Enfin je glorifie
   Mon Dieu, mon Rédempteur !
   Oh ! que je suis ravie
   D'avoir tant de faveur !
   Mon âme magnifie
   Mon Dieu, mon Créateur.

LE VIEUX BERGER.

N° 3

1. Paraisséz, Monarque aimable,
   Seul objet de tous mes vœux !
   Formez ce règne équitable
   Attendu de nos aïeux.
   Sauvez du joug qui l'accable
   Votre peuple malheureux.
   Paraissez, Monarque aimable,
   Seul objet de tous mes vœux !

Rideau.

CHORISTES

2. Venez, Prince juste et sage
   Finir notre oppression :
   Un étranger plein de rage
   Règne au milieu de Sion,
   Et Jacob, dans l'esclavage,
   Attend votre mission :
   Venez, Prince, etc.

3. Esprit-Saint, Dieu que j'adore
   Soyez mon consolateur :
   De l'ennui qui me dévore
   Délivrez mon triste cœur.
   Apprenez-moi quelle aurore
   Verra naître ce Sauveur.
   Esprit-Saint. etc.

LA SAINTE VIERGE, SAINT JOSEPH

(Tableau)

N° 4

LE CHOEUR

1. Partez donc, douce Marie,
   Suivant l'édit; *(bis)*
   Car voici la prophétie
   Qui s'accomplit. *(bis)*
   Voilà les temps révolus ;
   Vive Jésus !

2. Dieu sur son humble indigence
   Jette les yeux ; *(bis)*
   Voyez comme en diligence,
   Du haut des cieux, *(bis)*
   Les anges sont descendus ;
   Vive Jésus !

3. Gloire soit dans l'Empyrée
   A tout jamais ! *(bis)*
   Que sur la terre habitée
   Tout soit en paix ! *(bis)*
   Les démons sont confondus,
   Vive Jésus !

Rideau.

PREMIER ACTE

LA SAINTE VIERGE & SAINT JOSEPH

A BETHLÉEM

—

Personnages : La Sainte Vierge, Saint Joseph.
Divers hôtes

———

St JOSEPH

N° 5
1. Nous voici dans la ville
    Où naquit autrefois,
    Le roi le plus habile
    Et le plus saint des rois,
    Elevons la pensée,
    Vers Dieu, qui a conduit
    Nos pas, cette journée ;
    Voici venir la nuit.

2. Allons, chère Marie,
    Devers cet horloger ;
    C'est une hôtellerie,
    Nous y pourrons loger.

Mon cher Monsieur, de grâce,
N'avez-vous point chez vous
Quelque petite place,
Quelque chambre pour nous?

PREMIER HOTE

3. Pour des gens de mérite
J'ai des appartements ;
Point de chambre petite
Pour vous, mes pauvres gens.

S¹ JOSEPH

Passons à l'autre rue
Laquelle est vis-à-vis,
Tout devant notre vue ;
J'y vois un grand logis.

4. Monsieur, je vous en prie,
Pour l'amour du bon Dieu,
Dans votre hôtellerie,
Que nous ayons un lieu.

DEUXIÈME HOTE

Cherchez votre retraite,
Autre part, charpentier :
Ma maison n'est point faite
Pour les gens de métier !

S¹ JOSEPH

5. Sieur de la Table-Ronde,
Peut-on loger chez vous ?

Avez-vous tant de monde,
Avez-vous lit pour nous ?

TROISIÈME HOTE

Ni lit, ni couverture ;
Vous courez grand hasard
De coucher sur la dure :
Je vous le dis sans fard.

s^t JOSEPH

6. Mon bon Monsieur, de grâce,
   Ne nous refusez pas
   Ou quelque chambre basse,
   Ou quelque galetas.

L'HOTE

Je plains votre disgrâce,
Et je voudrais avoir
Quelque petite place,
Pour vous y recevoir !

s^t JOSEPH

7. Attendant, je vous prie,
   Que d'autre part j'aie veu,
   Permettez que Marie
   Ici repose un peu.

L'HOTE

Très volontiers, ma mie,
Mettez-vous sur ce banc ;
Monsieur, voyez la Pie,
Ou bien le Cheval-Blanc.

St-Joseph va frapper à plusieurs portes
puis revient.

St JOSEPH

N° 6

1. J'ai cherché partout en vain
   Sans trouver hôtellerie,
   Ni logis qui ne soit plein,
   Allons au Faubourg, Marie,
   Nous y aurons logement,
   N'en doutez aucunement.

S'adressant à l'hôte.

2. Monsieur, avant que fermer
   Donnez-nous de la chandelle,
   Il nous en faut allumer
   Pour passer cette ruelle.
   Combien nous la vendrez-vous,
   N'est-ce pas cinq ou six sous ?

L'HOTE

3. Je ne veux point vos six sous :
   Pour l'amour de la personne
   Que vous avez avec vous,
   De bon cœur, je vous les donne.
   Je vous donne aussi ce bois
   Pour chauffer un peu vos doigts.

4. Vous verrez, tout en sortant,
   A droite, près d'une motte,
   Un chemin rude en montant
   Lequel mène à une grotte ;
   Logez-y pour cette nuit ;
   Allez, il s'en va minuit.

ST-JOSEPH

5. Dieu, pour votre charité,
   Vous donne sa-sainte grâce !
   Que, durant l'éternité,
   Vous voyiez sa sainte face,
   Que vous voyiez son saint Fils
   Envoyé du Paradis !

Rideau.

ENTR'ACTE

N° 7

1. Bénissez le Sauveur suprême,
   Petits oiseaux, dans vos forêts ;
   Dites, sous ces ombrages frais :
   Dieu mérite qu'on l'aime,

2. Doux rossignols, dites de même,
   Ou tous ensemble ou tour à tour,
   Et que les échos d'alentour
   Vous répondent qu'on l'aime.

3. Triste et plaintive tourterelle,
   Bénissez Dieu, rien n'est si doux ;
   Je devrais plus gémir que vous,
   Car je suis moins fidèle !

4. Paissez, moutons, en assurance,
   Et bénissez le bon Pasteur ;
   Voit-il en moi cette douceur ?
   Ah ! quelle différence !

5. Tendres zéphyrs, qui dans nos plaines
   Murmurez si paisiblement,
   Bénissez-le chaque moment
   Par vos douces haleines !

6. Entre vos deux rives fleuries,
   Bénissez Dieu, petits ruisseaux :
   Tout passe, hélas ! comme vos eaux
   Passent dans ces prairies.

7. Que le soleil et que l'aurore,
   Les campagnes et les moissons,
   Les collines et les vallons,
   Que tout enfin l'adore.

8. Dans ces beaux lieux, tout est fertile,
   J'y vois des fruits, j'y vois des fleurs ;
   Je le dis en versant des pleurs :
   Je suis l'arbre stérile !

9. Charmante fleur, un jour voit naître
   Et mourir votre éclat si doux :
   Je mourrai bientôt après vous,
   Plus tôt que vous, peut-être.

10. Dieu tout-puissant, en qui j'espère,
    Soyez toujours mon protecteur ;
    Je suis un ingrat, un pécheur,
    Mais vous êtes mon Père !

DEUXIÈME ACTE

LE PALAIS DE MELCHIOR

Personnages : MELCHIOR, GASPARD, BALTHAZAR,
leurs pages, l'ARCHANGE

MAGES

N° 8

1. Sagesse éternelle,
   Lumière immortelle,
   Viens, du haut des cieux,
   Viens éclairer nos yeux !
   Justice adorable,
   Parais à jamais,
   O toujours aimable,
   Viens, céleste paix !
   Qu'ils seront durables
   Ces biens ineffables

Sagesse éternelle,
Lumière immortelle,
Viens, du haut des cieux,
Viens éclairer nos yeux !

CHORISTES

2. O Dieu de clémence,
   Viens, par ta présence,
   Combler leurs désirs,
Apaiser leurs soupirs !
   Sauveur secourable,
   Parais à leurs yeux ;
   A l'homme coupable
   Viens ouvrir les cieux.
   Céleste victime,
   Ferme ici l'abîme !
   O Dieu de clémence,
   Viens, par ta présence,
   Combler leurs désirs,
Apaiser leurs soupirs !

L'ARCHANGE

3. Peuple inconsolable,
   Le ciel favorable,
   Sensible à tes pleurs,
Met fin à tes malheurs.
   Dans Juda va naître
   Un roi tout puissant ;
   Un Dieu va paraître
   Dans l'abaissement :
   L'étoile levée
   Vous guide en Judée.

Peuple inconsolable,
Le ciel favorable,
Sensible à tes pleurs,
Met fin à tes malheurs.

MAGES

4. O clarté divine,
  Qui nous illumine,
  Nous te saluons,
Joyeux, nous te suivrons !
  Que les cieux s'abaissent
  Saisis de respect ;
  Nos maux disparaissent
  A ton seul aspect !
  Tout, à sa naissance,
  Céde à sa puissance,
  O clarté divine,
  Qui nous illumine,
  Nous te saluons.
Joyeux, nous te suivrons !

CHORISTES

5. O jour d'allégresse !
  Un Dieu s'intéresse
  A tous nos malheurs,
Il calme nos douleurs.
  Que les chœurs des anges,
  Que les Immortels
  Chantent ses louanges
  Avec les mortels
  Qu'à l'envi répondent
  Et la terre et l'onde :

Gloire à son enfance,
Gloire à sa clémence,
Au plus haut des cieux
Gloire, amour en tous lieux !

MAGES

6. Gloire au divin Maître
Qui bientôt va naître,
Eclatez aux cieux,
Concerts mélodieux.

— Le divin Messie
Est encor voilé ;
Mais la prophétie
Nous l'a révélé !

— La terre épuisée
Attend la rosée.

Tous les trois :

Gloire au divin Maître,
Qui bientôt va naître !
Soyons les premiers
A vouloir l'adorer !

(Les mages partent).

LES CHORISTES

N° 9

1. Allons, suivons les Mages,
Qui, chargés de présents,
Vont rendre leurs hommages
A ce divin Enfant,

Mais le meilleur
Est qu'ils offrent leur cœur !
Un cœur ardent
Est tout ce qu'il attend.

(Melchior et sa suite passent dans le lointain).

2. Le premier d'eux lui donne
Pour gage de sa foi,
Son or et sa couronne,
Le prenant pour son roi.
Mais le meilleur,..., etc.

(Gaspard et sa suite passent).

3. Le second lui présente
De l'encens en ce lieu ;
Il n'est plus dans l'attente,
Il sait qu'il voit un Dieu.
Mais le meilleur..., etc.

(Balthazar et sa suite passent).

4. Le dernier qui désire
De satisfaire ainsi,
Lui donne de la myrrhe,
Car il est homme aussi.
Mais le meilleur..., etc.

Rideau.

ENTR'ACTE

—

1. Noël nouvelet, Noël chantons ici,
   Dévotes gens, rendons à Dieu merci !
   Chantons Noël, pour le Roi nouvelet :
       Noël nouvelet,
       Noël chantons ici !

2. Quand je m'éveillai et j'eus assez dormi,
   Ouvris mes yeux, vis un arbre fleuri
   Dont il sortait un bouton vermeillet.
       Noël nouvelet,
       Noël chantons ici !

3. Quand je le vis, mon cœur fut réjoui,
   Car grand'clarté resplendissait de lui,
   Comme un soleil qui luit au matinet.
       Noël nouvelet..., etc.

4. En Bethléem, Marie et Joseph vis,
   L'âne et le bœuf, l'Enfant couché parmi ;
   La crèche était au lieu d'un bercelet
       Noël nouvelet..., etc.

5. L'étoile vint que le jour éclaircit,
   Et la vis bien d'où j'étais départi :
   En Bethléem, les trois Rois conduisait.
       Noël nouvelet..., etc.

6. L'un portait l'or, et l'autre myrrhe aussi,
   L'autre l'encens qui très bon fait senti :
   Du Paradis semblait un jardinet
       Noël nouvelet..., etc.

7. Un prêtre vint, dont je fus ébahi,
   Qui les paroles hautement entendit :
   Puis les mussa dans un petit livret,
       Noël nouvelet..., etc.

8. Et si me dit : Frère, crois-tu ceci ?
   Si tu y crois, ès cieux seras ravi ;
   Si tu n'y crois, d'Enfer va au gibet,
       Noël nouvelet..., etc.

9. Et l'autre jour, je songeais dans mon lit
   Que je voyais un Enfant si petit !
   Qui s'appelait Jésus de Nazareth.
       Noël nouvelet
       Noël chantons ici !

TROISIÈME ACTE

PRIÈRE DES BERGERS

RÉVEIL ET DÉPART

Personnages : Les Anges et les Bergers

LES BERGERS

N° 11

1. Or sus, gentils pastoureaux,
   Rassemblons nos brebiettes ;
   La nuit couvre nos coteaux,
   Laissons flûtes et musettes.
   Voici l'heure du repos ;
   Sommeillons en nos couchettes ;
   Si les loups rôdent alentour,
   Nous veillerons tour à tour.

COLIN

2. Les oiseaux ont gazouillé
   Leur prière en la feuillée ;

Lors, avant de sommeiller,
Prions, enfants de Judée,
Pour que Dieu daigne veiller
Et protège la nuitée
En chassant les loups d'alentour.
Que chacun prie à son tour.

CHARLOT

3. Dieu de qui nous attendons
   Chaque jour la nourriture,
   Donnez l'herbe à nos moutons,
   Aux oisillons la pâture,
   Des épis à nos sillons,
   Pour que toute créature
   Vous bénisse et chante en retour
   Les bienfaits de votre amour.

(Il s'endort)

ROBIN

4. Dieu, qui faites jaillir l'eau
   Sur la terre desséchée,
   Qui versez l'onde au ruisseau
   Et sur les fleurs la rosée,
   Donnez un baume nouveau
   A toute âme désolée,
   Et nos cœurs diront en retour
   La douceur de votre amour.

(Il s'endort)

COLIN

5. Dans les ombres de la mort
   Nous attendons le Messie;

O Dieu, changez notre sort,
Selon votre prophétie.
Par un amoureux effort
Rendez-nous l'arbre de vie.
Quand donc luira l'heureux jour
De la paix en votre amour ?

(Il s'endort)

CHŒUR D'ANGES INVISIBLES

Nº 12

Gloria in excelsis Deo
Et, in terra, pax hominibus bonæ voluntatis !

COLIN

Nº 13

1. J'entends un grand bruit dans les airs, *(bis)*
   Ecoute, Charlot, ces concerts :
   Tout retentit dans les déserts.
   Vois donc quelle est cette merveille,
   En fut-il jamais de pareille ?

CHARLOT

2. Colin, j'en suis tout étonné, *(bis)*
   Au bruit, je me suis éveillé,
   Et mon esprit émerveillé,
   Non plus que toi, ne peut comprendre
   Ce que le ciel veut nous apprendre.

ROBIN

3. Le coq aura chanté trop fort... *(bis)*

COLIN ET CHARLOT

Nous ne sommes pas à l'auror',

ROBIN

Dormons, les gas, dormons encor.
Rêvons sans nous creuser la tête ;
Bien fol est celui qui s'entête !

LES ANGES *(Tableau)*

N° 14

1. Bergers, écoutez l'angélique
    Musique
  Des anges du grand Dieu.
  Il vient de naître dans ce lieu
  Un Seigneur doux et pacifique.
  Bergers écoutez l'angélique
    Musique
  Des anges du grand Dieu !

2. Que son humilité sublime
    Anime,
  Echauffe votre cœur ;
  Et vous verrez ce bon Sauveur
  Pour vous s'immoler en victime.
  Que son humilité sublime
    Anime
  Echauffe votre cœur !

L'ARCHANGE

N° 15

1. Au Tout-Puissant gloire immortelle
   Soit rendue au plus haut des cieux,
   Et que la paix règne éternelle
   Avec sa grâce en ces bas lieux } *(bis)*

COLIN

2. Quelle est cette odeur agréable,
   Bergers, qui ravit tous nos sens ?
   S'exhale-t-il rien de semblable
   Au milieu des fleurs du printemps? } *(bis)*

CHARLOT

3. Mais quelle éclatante lumière,
   Dans la nuit, vient frapper mes yeux ?
   L'astre du jour, en sa carrière,
   Fut-il jamais si radieux ? } *(bis)*

L'ARCHANGE

4. Ne craignez rien, troupe fidèle,
   Ecoutez l'ange du Seigneur :
   Il vous annonce une nouvelle
   Qui va vous combler de bonheur } *(bis)*

COLIN

5. Mais voici bien d'autres merveilles :
   Grand Dieu ! qu'entends-je dans les airs ?
   O douce voix ! jamais oreilles
   N'ont entendu pareils concerts. } *(bis)*

L'ARCHANGE

6. A Bethléem, dans une crèche,
   Il vient de vous naître un Sauveur
   Allez, que rien ne vous empêche,
   Adorer votre Rédempteur. } *(bis)*

COLIN

7. Sur cette angélique promesse,
   Que chacun de nous, s'empressant,
   Coure à la crèche, avec vitesse, ⎱ *(bis)*
   Pour adorer ce Roi naissant. ⎰

COLIN ET CHARLOT

N° 16

1. Allons, bergers, éveillez-vous,
   Laissons nos pâturages :
   Un nouveau Roi naît parmi nous, ⎱ *(bis)*
   Portons-lui nos hommages. ⎰

COLIN

N'oublions pas nos chalumeaux,

CHARLOT

Ni nos douces musettes.

TOUS DEUX

Et faisons de nos airs nouveaux
Retentir ces retraites.

ROBIN *s'éveillant*

2. Quelle est cette importune voix
   Qui frappe mon oreille ?
   Ne puis-je dormir une fois
   Sans que l'on me réveille ?

Tantôt les coqs trop diligents,
Tantôt l'enfant qui crie...
On doit laisser dormir les gens
Quand ils en ont envie !

L'ARCHANGE

3. Berger, tu dors hors de saison :
Le soleil de la grâce
Vient de briller sur l'horizon.

CHARLOT

Ce discours te surpasse ;
Je vais parler plus clairement :
Le Sauveur vient de naître.

L'ARCHANGE

Et je descends du firmament
Pour annoncer mon Maître.

ROBIN *éveillé*

4. Quel prodige frappe mes yeux
Dans cette nuit profonde ?
Quoi ! vraiment, c'est le Roi des cieux
Qui vient de naître au monde.

L'ARCHANGE

Viens donc, berger, ne tarde pas
De lui montrer ton zèle ;
On ne peut trop hâter ses pas
Quand un Dieu nous appelle !

LES TROIS BERGERS

5. Allons, bergers, accourez tous,
Courons voir le Messie.

ROBIN

Anges du ciel, conduisez-nous
Vers l'auteur de la vie.

TOUS

Enseignez-nous l'heureux séjour
Choisi pour sa naissance,
Et, soyez sûrs, à votre tour,
De notre obéissance !

LES ANGES

N° 14 bis

Vous trouverez dans une grange
Étrange
Le Maître des grands Cieux.
Partez, un temps, quittez ces lieux,
Allez lui rendre vos louanges.
Vous trouverez dans une grange
Étrange
Le Maître des grands cieux.

COLIN

N° 17

1. Hâtez-vous, compère,
Venez promptement ;
Et toi, petit frère,
Où tardes-tu tant ?
N'as-tu pas l'envie
Ou bien le loisir
De voir le Messie ?

GUILLOT

C'est tout mon désir.

2 . Je m'en vais descendre,
Tout à ce moment,
Peux-tu point m'attendre ?
Quel empressement !
Je cherche des langes
Et quelques drapeaux,
Pour le Roi des Anges,
Cet enfant si beau.

LE VIEIL OLIVIER *entrant*

3 . Pourquoi cette presse ?
Et qui va-t-on voir
En grande liesse ?
Peut-on le savoir ?
C'est un grand présage
Que cette gaîté
De votre visage...
Quelle nouveauté ?

COLIN

4 . Ne savez-vous mie,
Qu'un Dieu nous est né ?
C'est notre Messie
Qui nous est donné.

GUILLOT

Nous verrons la Mère
De ce beau poupon,
Nous verrons le Père.
Ah ! que Dieu est bon !

JEANNOT *entrant*

5. Dieu ! quelle merveille !
Qu'est-ce que j'entends ?

OLIVIER

Le voyant fidèle
Prédit en ce temps :
Nous verrons paraître
Le Sauveur promis
Car il vient de naître
Cet aimable fils.

JEANNOT

6. Allons en campagne
Voir le Fils de Dieu.
Je vous accompagne
Jusques en ce lieu.

LE VIEIL OLIVIER

La Garde à la porte
Nous repoussera,
Et de cette sorte
Qui y entrera ?

COLIN

7. Crainte mal fondée,
Inutile soin,
Puisque à cette entrée
Tu ne verras point

Ni de grosses Gardes,
Ni de Hoquetons,
Ni de Hallebardes,
Ni de Mousquetons.

GUILLOT

8. J'entends un cantique,
Ce sont les bergers
Leur douce musique
Enchante nos prés ;
Allons, en cadence,
Chantons, nous aussi ;
Leur troupe s'avance,
Déjà les voici.

Nº 18

1. Sus, pastoureaux, par ensemble,
Allons tous subitement ;
Que pas un de nous ne tremble,
Car le Roi du firmament
Envoie son ange beau
A minuit, sur nos pâtis,
Nous disant un chant nouveau :
Gloria in excelsis.

ADRIEN

2. Q'est-ce donc, Colin, mon frère ?

COLIN

Quoi ! ne sais-tu pas vraiment,
Que j'ai vu une lumière
Qui éclairait grandement,

Suivie de douces voix
Disant que dans Bethléem
Etait né le Roi des rois,
Tout pour notre sauvement.

ADRIEN

3. Colin, prends donc ta musette
Je prendrai mon chalumeau :
Jouant quelques chansonnettes
D'un air qui soit assez beau.

CHARLOT

Je porte un petit agneau,
Du pain.

ADRIEN

Du beurre et du lait,
Puisque le Fils du Très-Haut
Est né à notre souhait.

GUILLOT

4. Je porte des bandelettes,
Des langes et des drapeaux
Des béguins et collerettes,
Des chemises, des bandeaux,

JEANNOT

Moi, du bois avec du feu,
Pour cet enfant réchauffer.

LE VIEIL OLIVIER

Hâtons-nous et peu à peu
Du lieu tâchons d'approcher.

COLIN

5. Moi, je porte une bouteille,
Du fromage avec des œufs,
Du vin, de l'eau plein mes seilles ;

TOUS

Puis d'un cœur dévotieux
Nous mettrons à deux genoux
Pour adorer Jésus-Christ
Le priant que nuit et jour
Nous ayons son Saint-Esprit.

Nº 19

1. Quittons, Pasteurs,
Nos brebis, nos houlettes,
Notre hameau,
Et le soin du troupeau.
Changeons nos pleurs
En une joie parfaite ;
Allons tous adorer
Un Dieu *(ter)*
Qui vient nous consoler.

2. Nous le verrons
Couché dans une étable

Comme un enfant,
Nu, pauvre et languissant.
Reconnaissons
Son amour ineffable.
Pour nous venir chercher.
    Il est *(ter)*
Le fidèle berger !

Rideau.

ENTR'ACTE

—

1. Dans le calme de la nuit,
   S'est entendu un grand bruit :
   Une voix,
   Plusieurs fois,
   Plus angélique qu'humaine,
   Une voix,
   Plusieurs fois,
   Rendait gloire au Roi des rois !

2. Je n'entendis qu'à demi,
   Car j'étais tout endormi ;
   Cependant
   Ce doux chant
   M'a fait ouvrir les oreilles
   Cependant
   Ce doux chant
   M'a fait lever promptement

3. Plus en plus je m'approchais,
   Et mieux en mieux j'entendais :
   « Oh ! le chant
   Ravissant !

Jamais n'ouis voix pareille
　Oh ! le chant
　Ravissant ! »
M'écriai-je hautement.

4. Je courus dans le hameau
　Tête nue et sans chapeau ;
　　Tout ronflait
　　Et dormait
　Dans un repos bien tranquille,
　　Tout ronflait
　　Et dormait
　Personne ne m'entendait.

5. « Sus ! levez-vous, compagnons,
　L'autre nuit nous dormirons :
　　Dépêchez
　　Et sortez,
　Venez avec moi entendre,
　　Dépêchez
　　Et sortez,
　Et tous ravis vous serez. »

6　Aussitôt fait comme dit :
　Et le grand et le petit,
　　Me suivant,
　　En sautant,
　Ils ont ouï la musique,
　　Me suivant
　　En sautant
　Ils admiraient ce beau chant.

7. L'ange qui si bien chantait
   Clairement nous instruisait :
      Cette nuit,
      A minuit,
   Est né le Sauveur des hommes,
      Cette nuit,
      A minuit,
   Sur du foin il est réduit.

8. « Allez voir ce bel Enfant,
   Pasteurs, dit-il, promptement.
      Sans douter,
      Ni errer,
   Croyez à cette nouvelle ;
      Sans douter,
      Ni errer,
   Allez vite l'adorer ! »

9. De cet oracle divin
   Ayant tous pris le chemin ;
      Le suivant
      Promptement,
   Avons trouvé le Messie ;
      Le suivant
      Promptement,
   Avons adoré l'Enfant !

BERGERONNETTE

1. Au bord de ce ruisseau,
   J'entends bergeronnette,
   Qui dit sa chansonnette,
   Au son du chalumeau.
   Ah ! petite brunette
   Que sais-tu de nouveau ?   } (bis)

2. J'ai vu dedans les cieux
   Une brillante étoile;
   La nuit jetait son voile
   Aux rayons de ses feux;
   J'ai tissu cette toile
   En ce temps précieux   } (bis)

3. A ce beau jour naissant,
   Sans craindre ma houlette
   Mon troupeau, sur l'herbette,
   Mangeait en bondissant.
   Demandez à Perrette
   Qui le voyait paissant.   } (bis)

4. Les anges, par leur chant,
   Faisaient une musique
   Près du berceau rustique
   D'un tout petit Enfant.
   Que la joie est publique
   De le voir triomphant?   } (bis)

5. Cherchons ce nouveau-né
   Gisant dans une étable ;
   A sauver le coupable
   On le dit destiné.
   Ah ! qu'il paraît aimable,
   Ah ! qu'il doit être aimé ! } *(bis)*

6. Adorons ce Sauveur
   Dans les bras de sa mère,
   Puisqu'il vient sur la terre
   Racheter le pécheur.
   Ah ! quel divin mystère !
   Pensons à sa grandeur. } *(bis)*

7. Jésus, doux Rédempteur,
   Amour de l'âme pure,
   Sauvez toute nature,
   Guérissez notre cœur :
   Vous savez qu'il endure,
   Finissez sa langueur. } *(bis)*

8. Mère de sainte paix,
   Ancelle incomparable,
   Votre Poupon aimable
   Nous ravit désormais ;
   Ah ! Sauveur adorable
   Sauvez-nous à jamais ! } *(bis)*

QUATRIÈME ACTE

LE PALAIS D'HÉRODE

Personnages : HÉRODE et les Rois

HÉRODE

N° 22
1. Nobles Seigneurs, poursuivez:
   Achevez
De m'expliquer ce mystère :
Cet enfant que vous cherchez
   Et prêchez,
Faut-il pas qu'on le révère ?

MAGES

2. Si vous aviez ce désir
   Et loisir,
Venez et suivez nos traces.

MELCHIOR

Je vous en éclaircirai,
Et dirai
Combien Dieu nous fait de grâces.

MAGES

3. Nous avons vu un flambeau
Clair et beau,
Sachant ce qu'il signifie :
Qu'en ce jour nous était né
Et donné
Un Roi des rois ou Messie.

BALTHAZAR

4. Nous sommes ici venus
Tout émus,
Quoiqu'en un temps incommode,
Croyant voir ce roi d'amour
A la cour
De l'illustre prince Hérode.

HÉRODE

5. Que les Docteurs de la Loi,
De la foi,
S'assemblent en diligence.
Je vais bientôt savoir d'eux
Où ce Dieu
Doit venir prendre naissance.

(Il sort)

CHORISTES

N° 23

1. Si c'est pour ôter la vie
   A cet enfant nouveau-né,
   Qu'avez cet ordre donné,
   O Hérode plein d'envie,
   Ne vous y attendez pas,
   Vous ne perdez que vos pas !

2. Si c'est pour lui faire outrage
   Que vous faites battre aux champs
   Vos gens d'armes le cherchant,
   Qu'ils ne cherchent davantage ;
   Vous ne le trouverez pas,
   Soldats, vous perdez vos pas !

3. Mais quelle étrange furie
   Vous aveugle ainsi le sens ?
   De ces pauvres innocents
   Faire une telle tuerie !
   Ce petit Roi n'y est pas ;
   Vous ne perdez que vos pas !

HÉRODE RENTRE

N° 24

1. Tous nos Docteurs m'ont bien dit
      Et prédit
   Que, selon la prophétie,
   Bethléem était le lieu
      Où ce Dieu
   Viendrait nous rendre la vie.

2. Lorsque vous aurez trouvé
    L'Enfant né,
Grands rois, sachez, je vous prie,
Quels sont ses parents, leurs noms
    Et surnoms
Et sa généalogie.

3. Ecrivez en même temps ;
    Car j'attends,
Avec grande impatience,
Afin que j'aille à mon tour
    A sa cour
Lui faire ma révérence.

Rideau.

—

NOEL DES SAINTS INNOCENTS

CHORISTES

N° 25

1. Que de sang dans la Judée !
   Elle en est tout inondée !
   Le tyran avec horreur
   Y fait sentir sa vengeance
   Et les cris de l'innocence
   En raniment la fureur !

2. Du Jourdain l'affreux rivage
   Est changé par le carnage :
   Le sang coule à si grands flots
   Que ses ondes en sont teintes,
   Et les mères de leurs plaintes
   Font gémir tous les échos

3. Par la loi la plus cruelle,
   Les enfants sur la mamelle
   Trouvent un sanglant autel ;
   On en compte plus de mille,
   Qui, dans un si saint asile,
   Ont reçu le coup mortel !

4. Malgré les cris effroyables,
   Les bourreaux impitoyables

Font tomber ces jeunes fleurs
Sur le point de leur naissance,
Et les feux de la vengeance
Se rallument dans les pleurs.

5. Roi cruel, par tes victimes,
Reconnais quels sont tes crimes ;
Le sang que tu fais couler,
Porte ses cris dans la nue,
Et la foudre suspendue
A ton tour va t'immoler.

6. Ah! que ta rage est extrême !
Tu t'en prends à ton Dieu même,
Tu le veux sacrifier !
Les coups de tes mains perfides
Sont autant de déïcides
Que ton sang doit expier !

7. Quoi! tu crains pour ta couronne ?
N'est-ce pas Dieu qui les donne ?
C'est ton cœur ambitieux
Qui te forme ce fantôme :
De quel prix est ton royaume
Auprès de celui des cieux?

8. Et vous, dont la mort cruelle
Rendra la vie immortelle,
Vous allez, heureux enfants,
Pour le ciel quitter la terre ;
Si l'on vous y fait la guerre,
Vous en sortez triomphants.

CONCERT DES ANGES

AUTOUR DE LA CRÈCHE

(Tableau)

L'ARCHANGE

N° 26 1. *Puer natus in Bethleem,* | Un enfant est né à Bethléem,
         Alleluia! | Alleluia !
Unde gaudet Jerusalem, | Aussi, c'est grand' joie à Jéru-
                         | salem,
    Alleluia ! (bis) | Alleluia ! *(bis)*

LES ANGES

In cordis jubilo, | Le cœur en fête,
Christum natum adoremus | Le Christ est né, adorons-Le,
Cum novo cantico. | Avec un chant nouveau.

L'ARCHANGE

2. *Hic jacet in præsepio,* | Il est couché là dans une crèche
     Alleluia ! | Alleluia !
Qui regnat sine termino. | Celui qui règne sans fin,
     Alleluia ! | Alleluia !

LES ANGES

In cordis, etc. | Le cœur, etc.

L'ARCHANGE

3. *Et Angelus pastoribus,* | Et l'Ange aux bergers,
     Alleluia! | Alleluia !
Revelat quod sit Dominus, | Révèle qu'il est le Seigneur.
     Alleluia! | Alleluia !
In cordis, etc. | Le cœur, etc.

4. *Reges de Saba veniunt,* | Des Rois viennent de Saba,
     Alleluia ! | Alleluia !
Aurum, thus, myrrham, | Ils lui offrent l'or, l'encens, la
  offerunt. | myrrhe.
     Alleluia! | Alleluia !
In cordis, etc. | Le cœur, etc.

5. *In hoc natali gaudio,*
  Alleluia!
 BENEDICAMUS DOMINO
  Alleluia!
In cordis, etc.

Dans cette joie de Noël,
  Alleluia!
Bénissons le Seigneur,
  Alleluia!
Le cœur, etc.

6. *Laudetur Sancta Trinitas,*
  Alleluia!
DEO dicamus GRATIAS
  Alleluia!

Louange à la Sainte Trinité,
  Alleluia!
A Dieu rendons grâces.
  Alleluia!

TOUS

In cordis jubilo,
Christum natum adoremus
Cum novo cantico!

Le cœur en fête,
Le Christ est né, adorons-le,
Avec un chant nouveau!

ENTR'ACTE

—

CHORISTES

LES BERGERS

N° 27

1. Jésus, j'ai le cœur transi ! *(bis*
   La laid' race que voici
     Qui nous approche
   Ramassez tous vos bâtons,
   Moi, je prendrai mes soches.

LES ROIS

2. Nous somm' trois rois d'Orient *(bis)*
   Qui venons, d'un cœur riant,
     Dans la Judée,
   Pour adorer l'Enfançou
   Qu'avons vu en idée.

LES BERGERS

3. Vous me troublez mon repos *(bis)*
   En voilà un moricaud
     Près de l'étable ;
   Il a le corps comme nous,
   Mais il a la tête du diable.

LES ROIS

4. Ne vous étonnez de rien : *(bis)*
Car c'est un Ethiopien
   Qui ne recherche
Que d'adorer à genoux
Le Dieu qui est en crèche.

LES BERGERS

5. Morbleu! vous n'y entrerez: *bis)*
Vous mangeriez le souper
   Qu'on lui apporte.
Est-ce la nuit qu'il faut venir
Rôder à cette porte?

LES ROIS

6. Encor qu'il soit noire nuit *(bis)*
Nous voyons que tout reluit
   Dans cette étable.
Permettez-nous d'y entrer
Pour servir à sa table.

7. Bergers, ne méprisez point *(bis*
Ceux dont Dieu veut prendre soin ;
   C'est son étoile
Qui est venue de sa part
Et nous conduit sans voile.

LES BERGERS

8. Vous faites bien les savants ; *(bis)*
Il s'agit de voir avant

Ce qu'il faut faire
Quand vous entrerez dedans,
Pour ne lui point déplaire.

9. Quand vous saurez quel il est *(bis)*
Vous direz : En vérité
    La riche grange !
N'est-ce pas la maison de Dieu
La demeure des anges ?

LES ROIS

10. Bergers, à ce que je vois, *(bis)*
Vous savez toutes les lois
    Et les prophètes ;
Instruisez-nous pleinement
De cette heureuse fête.

LES BERGERS

11. Quand les anges sont venus *(bis)*
Lui chanter la bienvenue
    A perdre haleine :
« Paix sur terre et gloire à Dieu ! »
J'étais là dans la plaine.

12. C'est le grand Maître du ciel *(bis)*

LES ROIS

C'est le Fils de l'Eternel,
    Comme on le nomme ;

TOUS

De lui-même il était Dieu,
Pour nous, il s'est fait homme ! *(bis)*

CINQUIÈME ACTE

LA GROTTE DE BETHLÉEM

ADORATION DES BERGERS, DES MAGES, DES ANGES

LE MAÎTRE DE LA GROTTE

N° 28

1. Je suis le maître de la grange,
   Et c'est à moi qu'elle appartient ;
   Aussi, je trouve fort étrange
   Que sans me rien dire on y vient.

Sᵗ JOSEPH

2. Vous paraissez trop raisonnable,
   Seigneur, pour ne vous apaiser,
   Voyant que jusqu'à votre étable
   Le Messie veut bien s'abaisser.

LE MAÎTRE

3. Pardon, Monsieur, je vous en prie,
   Excusez mon emportement ;
   Mais que parlez-vous de Messie ?
   Et quel est cet avènement ?

4. Oui, les divines Prophéties,
   A ce jour, en ce pauvre lieu,
   Sont heureusement accomplies !
   Rendons-en tous grâces à Dieu !

LE MAITRE

5. Ne pleurez plus, très sainte Mère,
   Vos larmes me percent le cœur !
   Et j'ai une douleur amère
   De vous avoir donné la peur.

6. Je me prosterne contre terre,
   Je l'adore et le crois si bon,
   Vu que mon étable l'enserre,
   Qu'il m'accordera le pardon.

7. Pour marque de ma foi sincère,
   Je vous donne, dès ce moment,
   En l'honneur de ce grand mystère,
   Ce pauvre petit logement !

St JOSEPH

N° 29 1. Entrez, dévote compagnie,
   Chers bergers, entrez en ce lieu :
   Vous y verrez le grand Messie,
   Vous y verrez le Fils de Dieu !

LE VIEIL OLIVIER

2. Que ce soit avec révérence ;
   Amis, mettons-nous à genoux,
   Pour adorer, en son enfance,
   Celui qui doit nous sauver tous.

TOUS LES BERGERS

3. Quoique soyez petit encore,
   Quoique ne paraissiez qu'enfant,
   Grand Monarque, je vous adore,
   Et vous crois un Roi triomphant.

ROBIN

4. Nous n'avons pas en abondance
   Des biens, pour faire des présents ;
   Nous en donnons à votre enfance
   Qui sont communs aux pauvres gens ;

ADRIEN

5. Je vous donne, Enfant adorable,
   Un pot de beurre, un pot de lait ;
   Le beurre doit être admirable,
   Car il ne vient que d'être fait.

COLIN

6. Et moi aussi, pour mon offrande,
   Je vous offre mon panier d'œufs,
   De l'eau, du vin, un beau fromage ;
   Les œufs marqués sont frais pondus.

CHARLOT

7. Je vous donne ce gros pain tendre ;
   Je vous donne ce bel agneau,
   Et je vous supplie de le prendre.

GUILLOT

Acceptez aussi ces drapeaux.

JEANNOT

8. Mes facultés ne sont pas grandes :
   Je vous offre, ô doux Fils de Dieu,
   La plus petite des offrandes :
   Un peu de bois pour votre feu.

———

OLIVIER

N° 30   1. Ne parlons plus, bergers; je vois
          Un homme; il sort, il parle aux rois ;
          Approchons plus près pour l'entendre :

MELCHIOR

Monsieur, qui êtes dans ce lieu,
Ne pourriez-nous point nous apprendre
Où est né l'Envoyé des cieux.

OLIVIER

2. Personne ne peut, puissant roi,
   Vous satisfaire mieux que moi,
   Du moins si ce n'était un Ange ;
   L'Enfant divin que vous cherchez
   Et sa Mère, dans cette grange,
   Hélas ! sont pauvrement couchés.

LES TROIS ROIS

N° 31   1. Maître de tous les Souverains,
          Nous remettons entre vos mains
          Et nos sujets et nos personnes,

Et tout ce qui dépend de nous,
Nos biens, ainsi que nos couronnes;
Nous les tenons, grand Roi, de vous.

MELCHIOR

2. Recevez ce petit présent ;
   Quoique ce coffre soit pesant,
   Il n'est pas de grande importance ;
   Hélas ! ce n'est pas un trésor
   Que je présente à votre Enfance,
   Ce n'est que quelques pièces d'or.

GASPARD

3. Ah ! quel cuisant regret je sens
   De n'avoir rien que de l'encens
   Pour adoucir votre disette !
   Je vous l'offre de très bon cœur
   Dans cette petite cassette
   D'un excellent bois de senteur.

BALTHAZAR

4. Si la myrrhe n'est pas un bien
   Et qu'elle ne serve de rien
   Pour amoindrir vos rudes peines,
   Pourtant d'un arbre précieux
   Elle croît dans nos vastes plaines:
   Ce présent est mystérieux.

BERCEUSE

LES ANGES

N° 32

1. Entre les bras de la Pucelle
   Il s'endort, le divin Poupon,

MAGES ET BERGERS

Anges du ciel, avec vos ailes
Caressez le doux Enfançon.

LES ANGES

2. Dors, dors, Enfant, voici les Anges
   Qui te disent douces chansons.

MAGES ET BERGERS

Et nous aussi, mêlant louanges,
Tous, à tes pieds, nous t'adorons.

LES ANGES

3. Longtemps, longtemps, Jésus, sommeille,
   Sommeille jusqu'au matinet.

LES ROIS

Toi seul es Roi, douce merveille,
Nous ne sommes que roitelets.

LES ANGES

4. Pour vous, là-bas, sur la montagne,
Un jour, en croix il dormira !

LES BERGERS

Non, non, dans nos vertes campagnes,
Comme bon Pasteur, grandira !

LES ANGES

2. Encor, encor, deux ou trois heures
Clos tes beaux yeux, Enfant du ciel !

MAGES ET BERGERS

Nous retournons dans nos demeures
Après avoir chanté Noël !

ANGES, MAGES ET BERGERS

N° 33 1. Ah ! qu'il est charmant
Dedans ce mystère !
Ah ! qu'il est charmant,
Ce divin Enfant !

LES ANGES

Il vient mettre fin
A votre misère,
Il vient pour jamais
Vous donner la paix !

MAGES ET BERGERS

2. Approchons-nous donc
De la sainte Crèche,
Approchons-nous donc
De ce Dieu si bon !

LES ANGES

Tout enfant qu'il est,
Qu'il est, il vous prêche :
C'est la pauvreté
Qu'il vous a prêché.

MAGES ET BERGERS

3. Pourquoi parmi nous
En cet équipage,
Pourquoi parmi nous
Mon Dieu, venez-vous ?

LES ANGES

C'est pour vous tirer,
Tirer d'esclavage,
C'est pour vous tirer
Du fond de l'enfer.

TOUS

4. Garde tes enfants,
Doux Fils de Marie,

Garde tes enfants,
Et petits et grands!
Qu'un jour réunis,
Réunis en vie,
Dans ton Paradis
Nous chantions aussi!

Imprimerie Breynat et Cᵗᵉ. — Grenoble.